Seren Wib

Chanté Timothy

Addasiad Llio Elain Maddocks

Y fersiwn Saesneg

Cyhoeddwyd gyntaf ym Mhrydain yn 2025 gan
Nosy Crow Ltd, Wheat Wharf, 27a Shad Thames, London, SE1 2XZ

Argraffiad gwreiddiol wedi'i gyhoeddi yn Saesneg dan y teitl: *Supa Nova*

Y fersiwn Cymraeg

Cyhoeddwyd yn y Gymraeg gan Atebol Cyfyngedig,
Adeiladau'r Fagwyr, Llanfihangel Genau'r Glyn,
Aberystwyth, Ceredigion SA24 5AQ

Addaswyd gan Llio Elain Maddocks
Dyluniwyd gan Owain Hammonds
Golygwyd gan Adran Olygyddol Cyngor Llyfrau Cymru

ISBN 978-1-801065-53-5

Dymuna'r cyhoeddwr gydnabod cymorth ariannol Cyngor Llyfrau Cymru

atebol.com

Argraffwyd yng Nghymru

FSC
www.fsc.org
CYMYSGEDD
Papur | Yn cefnogi coedwigaeth gyfrifol
FSC® C019670

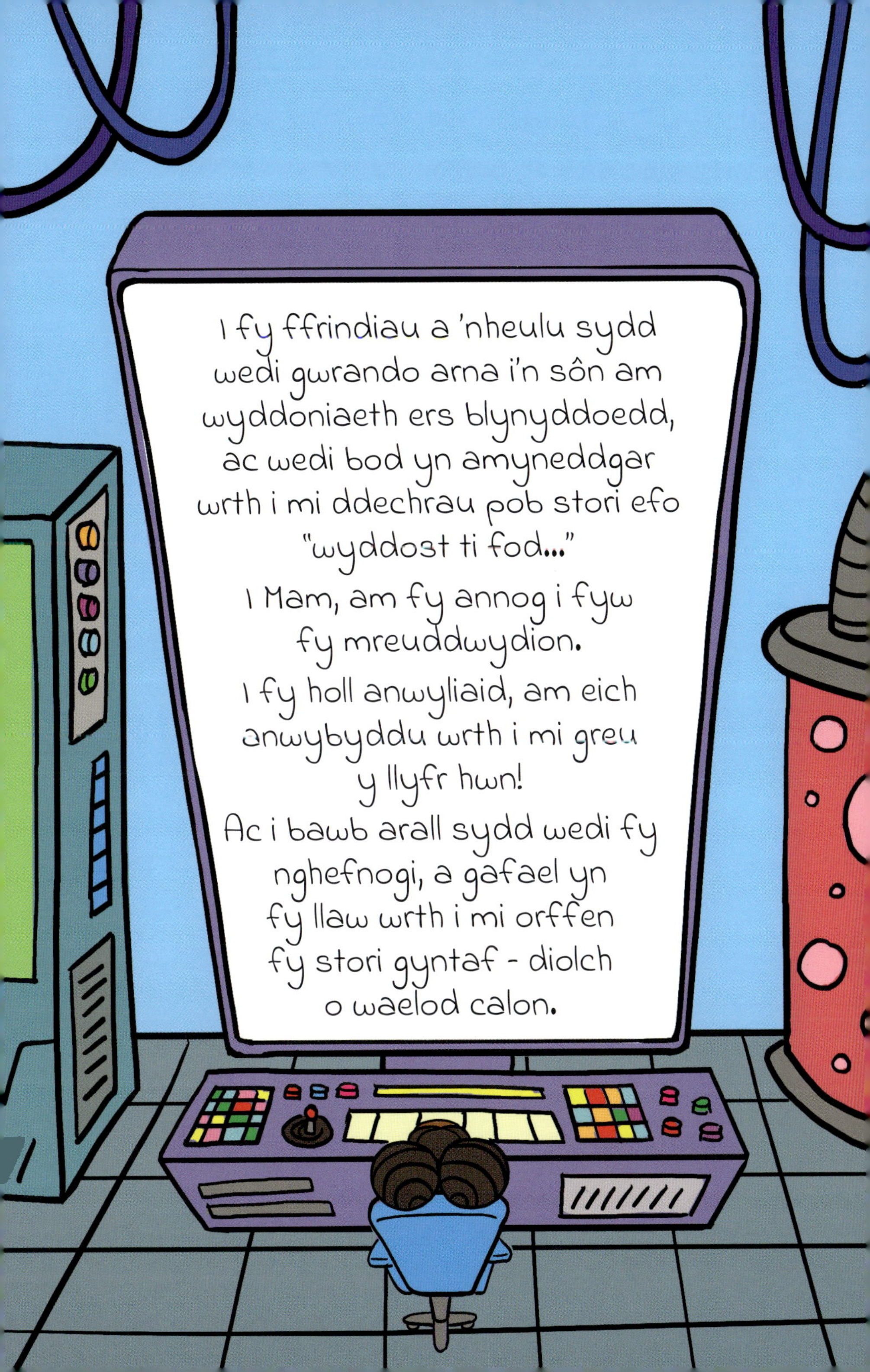
I fy ffrindiau a 'nheulu sydd wedi gwrando arna i'n sôn am wyddoniaeth ers blynyddoedd, ac wedi bod yn amyneddgar wrth i mi ddechrau pob stori efo "wyddost ti fod..."
I Mam, am fy annog i fyw fy mreuddwydion.
I fy holl anwyliaid, am eich anwybyddu wrth i mi greu y llyfr hwn!
Ac i bawb arall sydd wedi fy nghefnogi, a gafael yn fy llaw wrth i mi orffen fy stori gyntaf - diolch o waelod calon.

Helô!
Seren ydw i! Dwi'n wyddonydd.
Mae rhai (fi!) yn dweud mod i'n athrylith.
Mae rhai (fi eto!) yn galw fi'n Seren Wib. Deall? Am fod fy syniadau i'n disgleirio!
Dyma fy labordy, o dan ein tŷ ni. Mae'n gyfrinach. Dwi'n caru gwyddoniaeth!

Cassiopeia (Casi)
Dyma fy chwaer fawr, Casi. Mae hi'n meddwl bod hi'n athrylith hefyd, ond dydi hynny heb gael ei brofi.
• 12 mlwydd oed
• Anniben
• Hoffi celf
• Hel clecs
• Clyfar(ish), ond dwi'n fwy clyfar
• Hoffi gemau fideo

Mae fy rhieni yn wirioneddol glyfar.
Maen nhw'n wyddonwyr heb eu hail.
MAM
DAD
Maen nhw'n gweithio ar brosiect cyfrinachol i'r Llywodraeth - DIFLAS!
Pam dyfeisio rhywbeth sy'n methu cael ei rannu? Dyna wnes i ddweud wrth Dad dros swper...

Dwi'n credu, os fedrwn ni gael peiriannau i'r gofod i gasglu pelydrau'r haul a'u gyrru i'r Ddaear, gallwn ni bweru popeth am ddim.
A byddai bywydau pawb llawer haws.
Da iawn Seren. Dyna ddechrau da.

Fedri di ddim mynd â pheiriannau fel'na i'r gofod, siŵr iawn.
Mae astudiaethau am roi drych yn y gofod, felly mae'n bosib...
Ti'n gweld? Dwi'n athrylith!
Ie - a dwyt ti byth yn cau dy geg am y peth!

Wedi swper...
Un bennod arall ac yna gwely. Dwi a Dad yn gorffen ein gwaith. Rhowch waedd os dach chi ein hangen ni.
Hwrê! Dyma'r Ddaear! Fy ffefryn - tybed pa ran o'r byd fydd ar y rhaglen heno.
OCH

Heno ar Dyma'r Ddaear: Croeso i'r ynysoedd plastig...

Dydyn nhw ddim ar unrhyw fap, ond erbyn hyn, mae pump ynys yn arnofio yn ein cefnforoedd, oll wedi eu gwneud o sbwriel plastig...
Edrycha ar yr holl sbwriel!
Druan ar yr holl anifeiliaid sy'n byw ar yr ynysoedd hyn...
Paid â bod yn wirion, Seren. Does dim anifeiliaid yn byw ar ynysoedd plastig siŵr iawn.

Yr anifeiliaid yn y môr o'n i'n ei olygu.
Wel, falle nad wyt ti mor glyfar â ti'n feddwl.
Dwi'n fwy clyfar na ti!
Ha!
Profa fo!
Ond mae gwyddonwyr wedi darganfod rhywbeth all newid popeth...

Shwsh! Dwi eisiau gwrando ar hwn!
HMFF!
Mae gwyddonwyr wedi darganfod madarch a mwydod sy'n bwyta plastig
- yn anffodus, mae'n cymryd misoedd i fwyta darn bach o blastig, fel potel...
...felly does dim ateb hirdymor i'r broblem eto.
BANG!
BETH OEDD HWNNA?

Tu allan, 2 funud yn gynt...
LLWNC
LLWNC
LLWNC
LLWNC
BANG!

Sori, Seren!
Hei! Paid â thaflu hwnna yn y llwyn!
Rhyw ddiwrnod, efallai bydd ateb i'r broblem blastig fyd-eang...
HMM!
Pam wyt ti mor flin? Does dim y gallwn ni ei wneud.
Mae pobl yn taflu sbwriel ym mhob man, ac mae'n creu ynysoedd plastig!
...ond mae un peth yn wir - dim ond ATHRYLITH all ddatrys y broblem hon.

ATHRYLITH??
O ie,
dyna fi!

Gwylia di beth bynnag ti eisiau, Casi. Mae gen i bethau pwysicach i'w gwneud!
STAFELL SEREN
STAFELL SEREN

Comed, i'r labordy! Mae'r broblem yma angen...

SEREN WIB
Yn galw drws y labordy.
CLIC!

Mae gen i'r
syniad perffaith.

SWISH!
POP!

Amser i guro'r broblem blastig. Amdani!

Reit, pa bethau sydd eu hangen?
Gad i mi helpu, Seren.
Paid â phoeni, Comed. Mae gen i syniad.
Madarch!
Mwydod!

Ac ambell i gynhwysyn arbennig...
Ocê, dyna ni. Beth am gymryd golwg...
Mae'r canlyniadau'n ddiddorol.
Hmm.
Mae wedi cymysgu'n dda, ond mae angen rhywbeth arall.
Ychydig bach o sudd lemwn, efallai...

BANG!

Dydi hyn ddim yn gweithio!

Mae'r canlyniadau'n barod, Seren.
Ocê Comed, mae'r data'n dangos bod y gymysgedd ddim yn ddigon.

Mae'n rhaid i mi ychwanegu un cynhwysyn arall i greu creadur sy'n bwyta plastig.
Hmm, ble alla i ddod o hyd i'r cynhwysyn olaf?

Beth am...
Ocê, dwi am drio...
PROBLEM! SYLWEDD ORGANIG ANNIGONOL!
Ych!
Does dim byd yn gweithio! Fedra i ddim meddwl!
Nôl mewn sbel...
Dwi angen egni!

Comed, galwa'r lifft.
Yn galw'r lifft.
I'r gegin amdani!
STAFELL SEREN

Ydi dy arbrawf di'n gweithio?

Ydi, diolch yn fawr iawn.
Wrth gwrs ei fod o.
Ti wastad yn bwyta pan ti'n methu meddwl yn iawn.
Dweud y gwir, dwyt ti ddim yn agos at orffen!
CNOI CNOI
MI YDW I!
CNOI CNOI
POP!

Wela i di wedyn, Seren Wlyb.
Hmm... gallai'r gwm yna fod yn berffaith.
SGLWTSH!
Yyych!

Yn ôl yn y labordy...
Ocê,
falle bod y gwm yma'n ddigon gludiog i gymysgu popeth yn berffaith.
Mae'n llawn poer Casi.
YCH A FI!
Mae hyn yn well na'r tro diwethaf!
Rhaid defnyddio ein mesurau arbennig!
BZZZ!
PSST!
PING!
PAW!

BZZZZZZZZ
OCH!
Beth yw hwn?

MAE'N FYW!

Helô, ffrind bach! Seren ydw i, ond mae rhai yn fy ngalw i'n Seren Wib.
Rydyn ni am newid y byd gyda'n gilydd!
Nawr, wyt ti'n gallu datrys y broblem blastig?

PRAWF 1
Comed, bwyda'r gwrthrych pinc.
Perffaith!
PRAWF 2
MMM
MMM

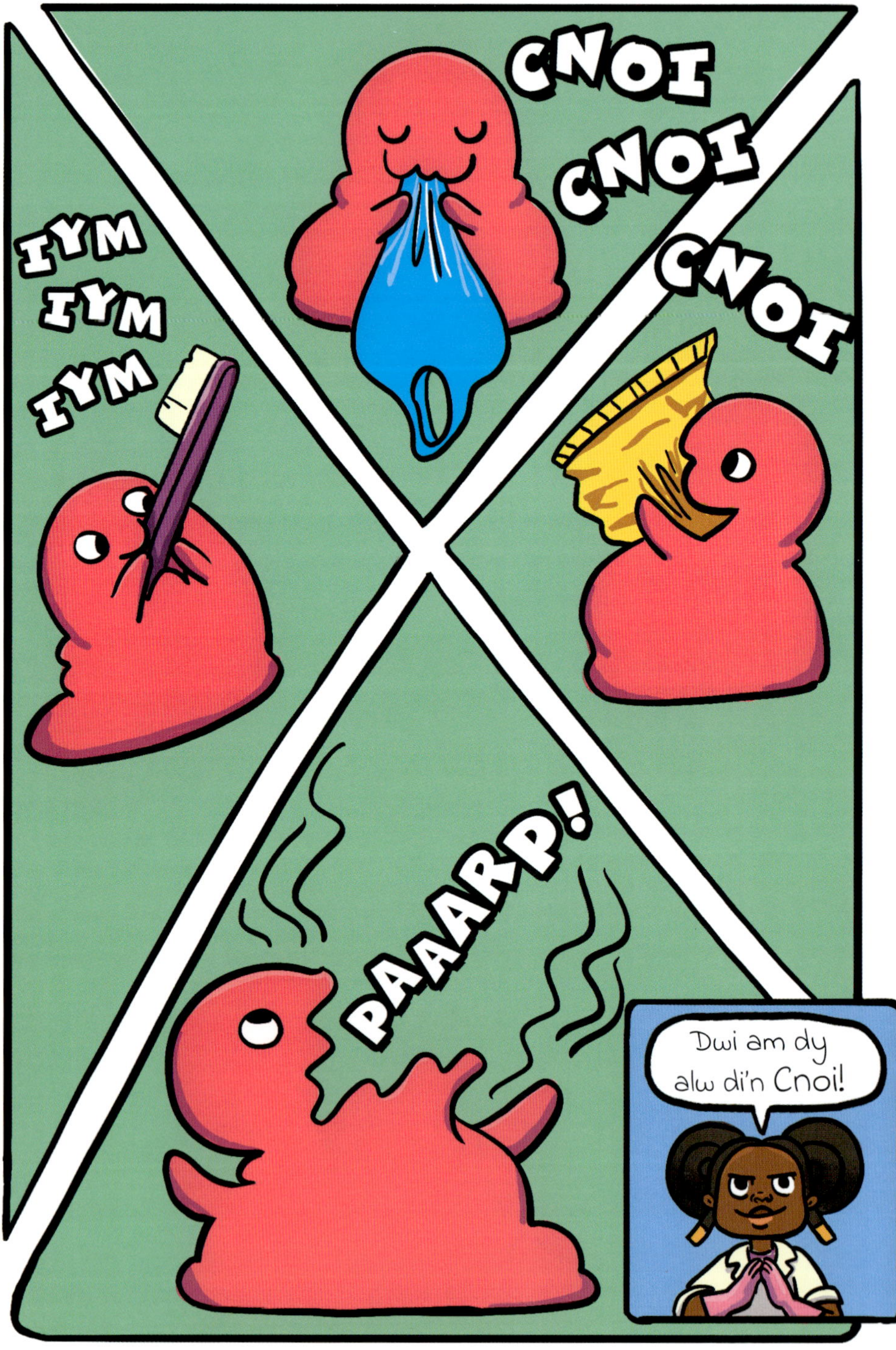
CNOI
CNOI
CNOI
IYM
IYM
IYM
PAAARP!
Dwi am dy alw di'n Cnoi!

PRAWF 13
Diddorol...
Mae'r gwrthrych wedi tyfu 5% ers i ni ddechrau profi...
5%
...ond does dim gwastraff i'w weld yn unman.
Rwyt ti'n gweithio!

Hei Casi! Edrycha ar be dwi 'di greu...

BE YDI HWNNA??

Dyma Cnoi. Mae'n bwyta plastig. Dyma'r ateb i'r broblem blastig fyd-eang!
CNOI
Felly mae'n bwyta unrhyw blastig?
Ydi, ac mae'n gwrando arna i.
IYM

Mi fydda i'n ennill gwobrau lu am ei ddyfeisio.
Ym... Seren?
AAA!
Hei, Cnoi, na! Stopia!
Na, Cnoi! Dim ond y plastig sbwriel sydd angen ei fwyta.
YYYR?

Ferched! Amser gwely!
Iawn, Mam!
Ti'n gwybod mod i'n athrylith!
Ti ydi'r gorau, Cnoi!
OCH!
Nos da, Casi.

IYM
IYM
Nos da Cnoi, wela i di yn y bore - 'dan ni am gael hwyl!

SNIFF
SNIFF
AAA!

WWWWWWWWW!

Y bore wedyn...
IAAW!

O NA!
NA NA NA NA NA NA NA NA NA NA NA NA NA NA NA NA NA NA NA NA NA NA NA NA NA NA NA NA NA NA NA NA NA NA NA NA NA NA NA NA NA NA NA NA NA NA NA NA NA NA NA NA NA NA

Cnoi! Paid! Tyrd yma.
Sut wnest ti ddianc?
Waw, rwyt ti wedi tyfu.
Seren!
Be ddigwyddodd? o ble ddaeth yr holl lanast yma?

Be?
Hmm?
Mae fel bod anifail gwyllt wedi bod yn y tŷ.
Ymm... does gen i ddim syniad! Wyt ti wedi holi Casi?
Mae angen i mi... ym... edrych ar rywbeth yn f'ystafell. Wna i helpu i glirio wedyn, ocê, Dad?

Yn ôl yn y labordy...
Rhaid i mi ffeindio ffordd o stopio Cnoi rhag tyfu!
Os fedra i gael darn bach ohono i'w brofi. Sori, Cnoi, arhosa'n llonydd.
Wna i dy gadw di'n saff yn rhywle nes i mi gael datrysiad. Wrth gwrs, roedd dy focs di neithiwr yn un plastig!

Dyna fo!
Ychydig yn ddiweddarach...
WWW
AAA
MMM

BAM!
Dylai'r plastig yma dy gadw di'n brysur am nawr, ond jest rhag ofn...

Mi fydd pren yn gweithio'n berffaith.
Reit, yn ôl i'r labordy.
Mae gen i tonig-lleihau i'w greu!

Mae asid asetig yn gallu toddi gwm cnoi, ac mae digon o hwnnw mewn finegr. Felly os wna i ychwanegu hwn...
Perffaith! Dylai hyn reoli Cnoi.
Ond mi fydd yn dal i allu bwyta plastig.
Gwaith athrylithgar unwaith eto, Seren.
Finegr

Dyna ni - fydd Cnoi byth yn camymddwyn eto.

Ond y tu allan...
BABWM!!

PARP!
WWW!

BETH?
Rhaid mai Seren sydd wrth wraidd hyn!
Ym, Seren... wnest ti adael anghenfil mawr pinc tu allan?

BEEEEEEEEETH?
Sut wnaeth Cnoi ddianc eto?
TONIG-LLEIHAU SEREN WIB
Brysia! I'r drws ffrynt!

Y tu allan...
SNIFF
SNIFF

CRYNSH!
MYNSH!
CNOI!

Cnoi! Na!
OCH!
CNOI!

IYM
IYM
MMMMMMM
AWW
IAWW
ACH
ACH

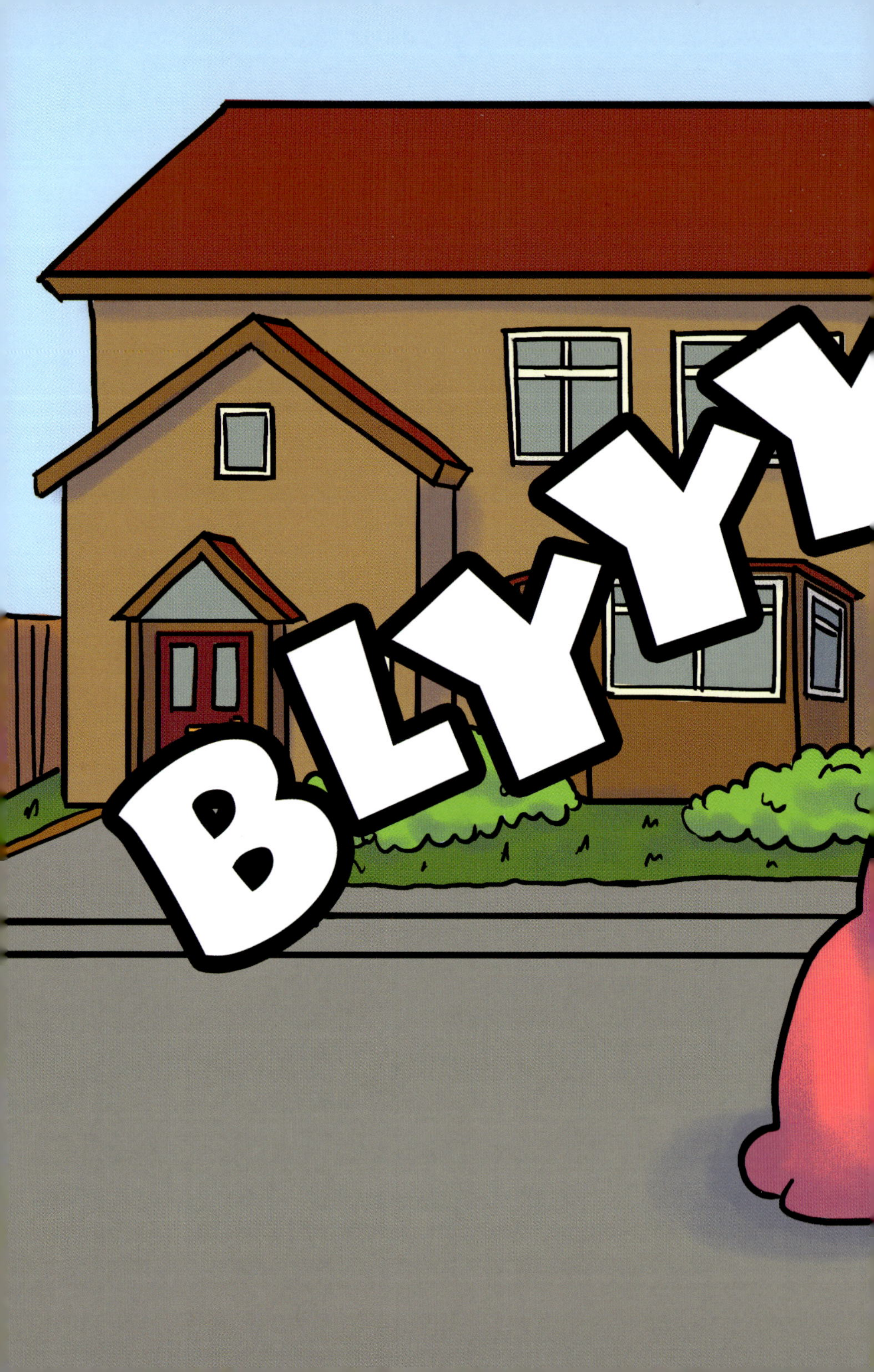
BLYYY

YRCH!

Ych a fi!
Ond diddorol iawn - dydi Cnoi methu bwyta unrhyw beth ond plastig. Hmm...
O Cnoi, pam na wnei di wrando arna i? Fedra i roi digon o blastig i ti - ond nawr rwyt ti'n rhy fawr.
TONIG-LLEIHAU SEREN WIB

Mae hyn er dy les dy hun.
TONIG-LLEIHAU SEREN WIB
TONIG-LLEIHAU
FFISSSSSS

Bron â gorffen... paid â phoeni, mae gen i ddigon o hwn yn y labordy.
TONIG-LLE
SEREN WIB

BAA!
Hei!
Gwranda!
Fi ydi'r bos, ac mae'n rhaid i ti wrando arna i!
RAAAAAA!

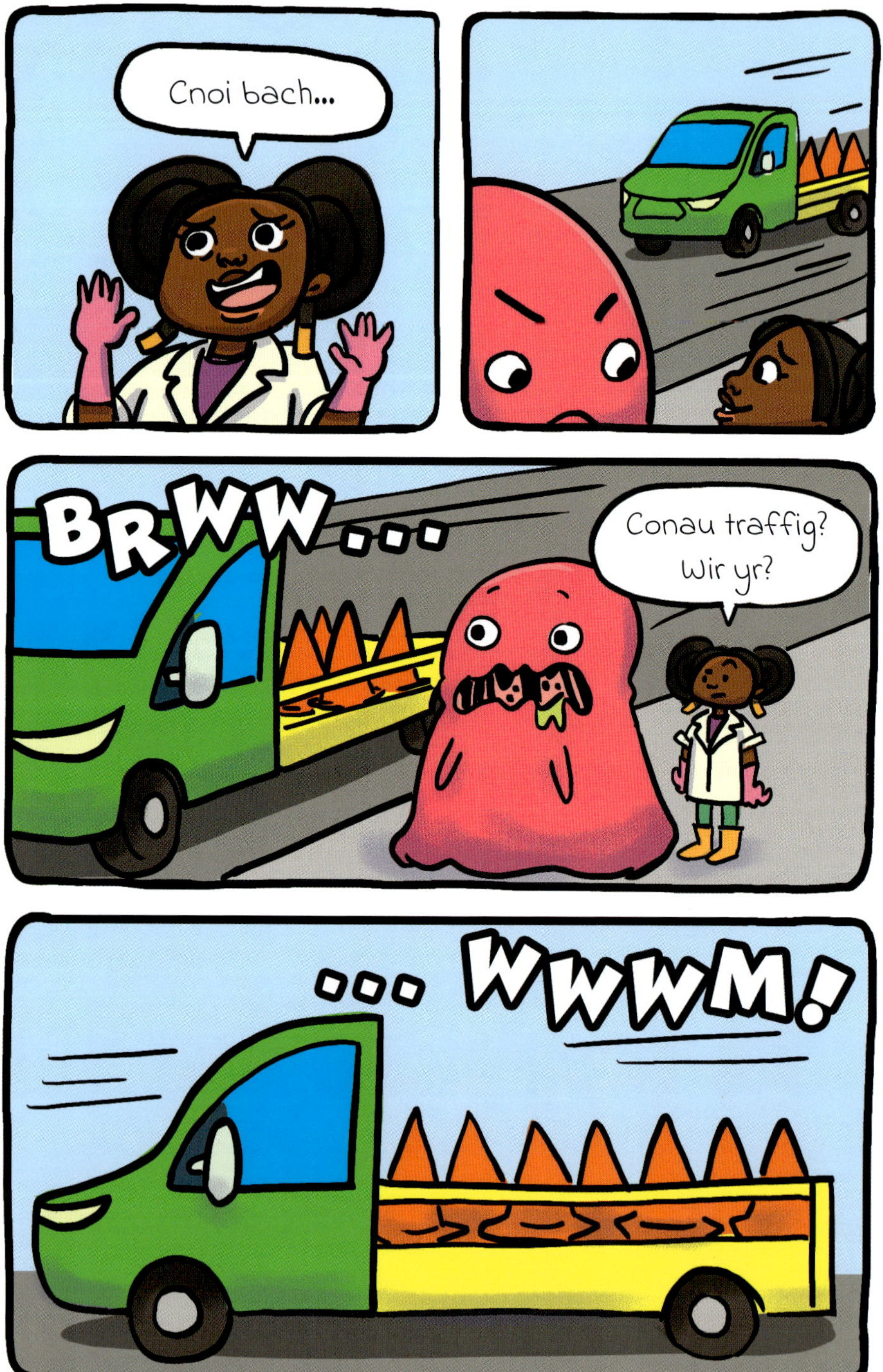
Cnoi bach...
BRWW...
Conau traffig? Wir yr?
...WWWM!

BWMP!
SWISH!
AAA!

Cnoi! Na! Arhosa!
Gwranda arna i!

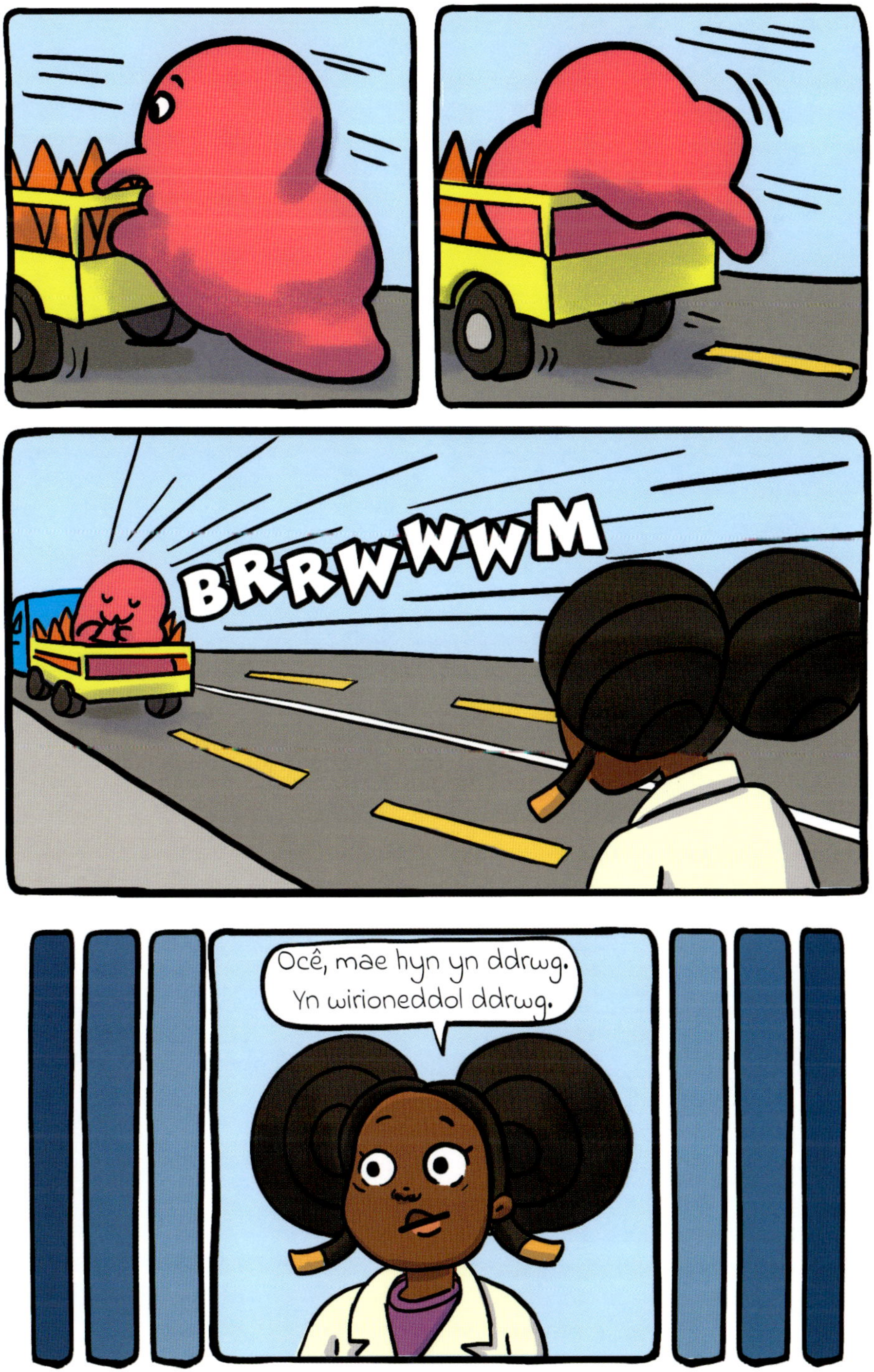
BRRRWWWWM
Ocê, mae hyn yn ddrwg. Yn wirioneddol ddrwg.

Os fydd Cnoi yn cyrraedd y dref, bydd hynny'n drychinebus.
Mae'n rhaid i mi ei atal. Dim ond un peth sydd i'w wneud...
BÎP!
BRRRRR!

POP
POP

SWISH!

Amdani!

Yn y dref...

HYYYYYM?
IYM
IYM
CNOI
IYM
IYM
IYM
CNOI

Hei! Beth wyt ti'n ei wneud?
Paid â bwyta hwnna!
Paid!
TEGANAU
O naaaaa!

Mam, edrycha!
CRANG!
AA!
O NA!
O NA!
O NA!
AA!

BAM!

HO! HO! HO!
IYM! IYM! IYM!
WWWWW!

Yn y cyfamser...
Lle mae'r creadur bach?

O diar...
IYM
IYM
CNOI
CNOI
IYM
IYM
IYM

CNOI
IYM
IYM
CNOI
CNOI
IYM
IYM
IYM
OCH!

SYNIAD
SYNIAD
SYNIAD
SYNIAD
SYNIAD
SYNIAD
Dyna fo!
RHWYD-ADENYDD

CLIC
CLIC
CLIC
SWISH

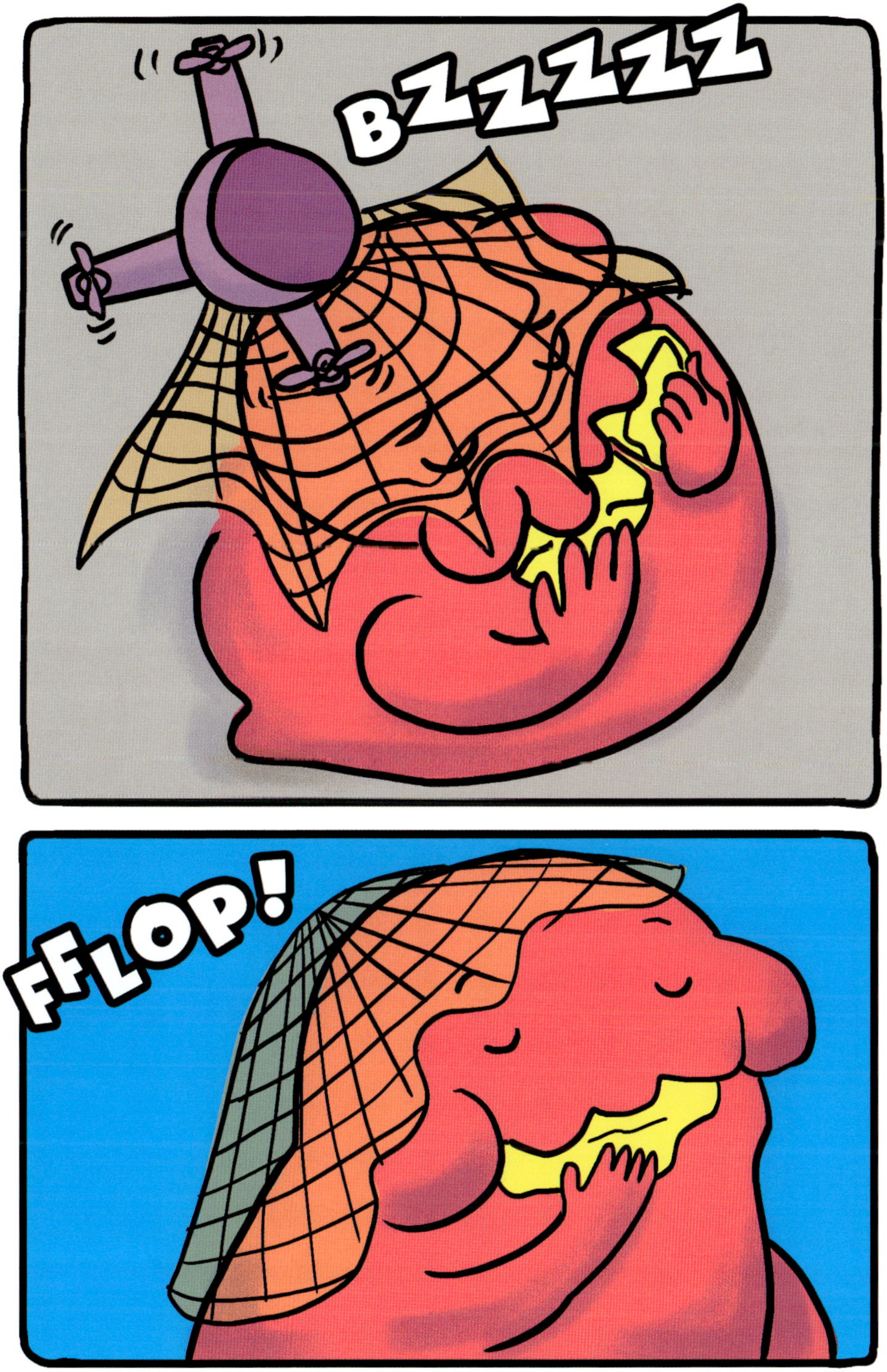
BZZZZZZ
FFLOP!

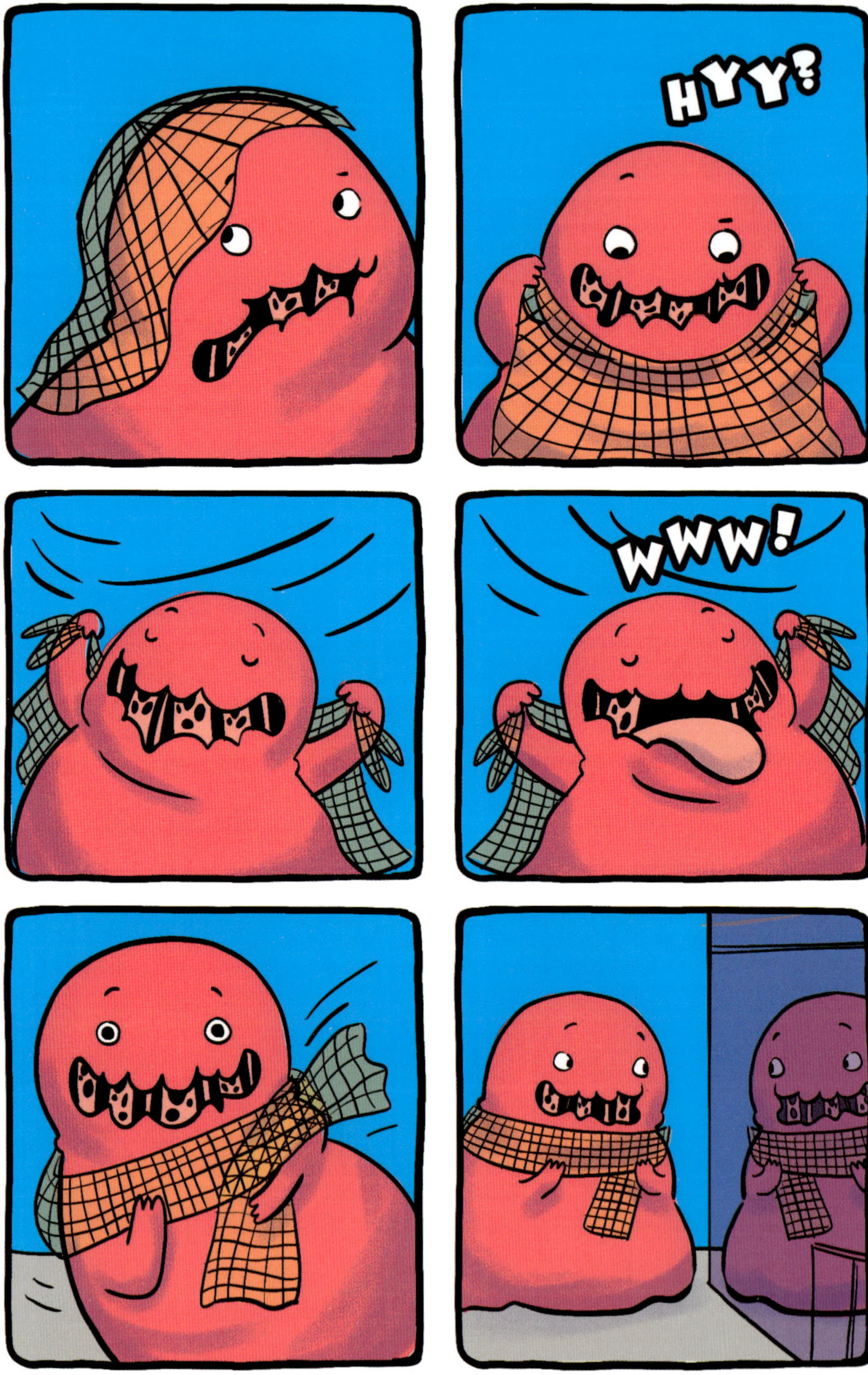
HYY?
WWW!

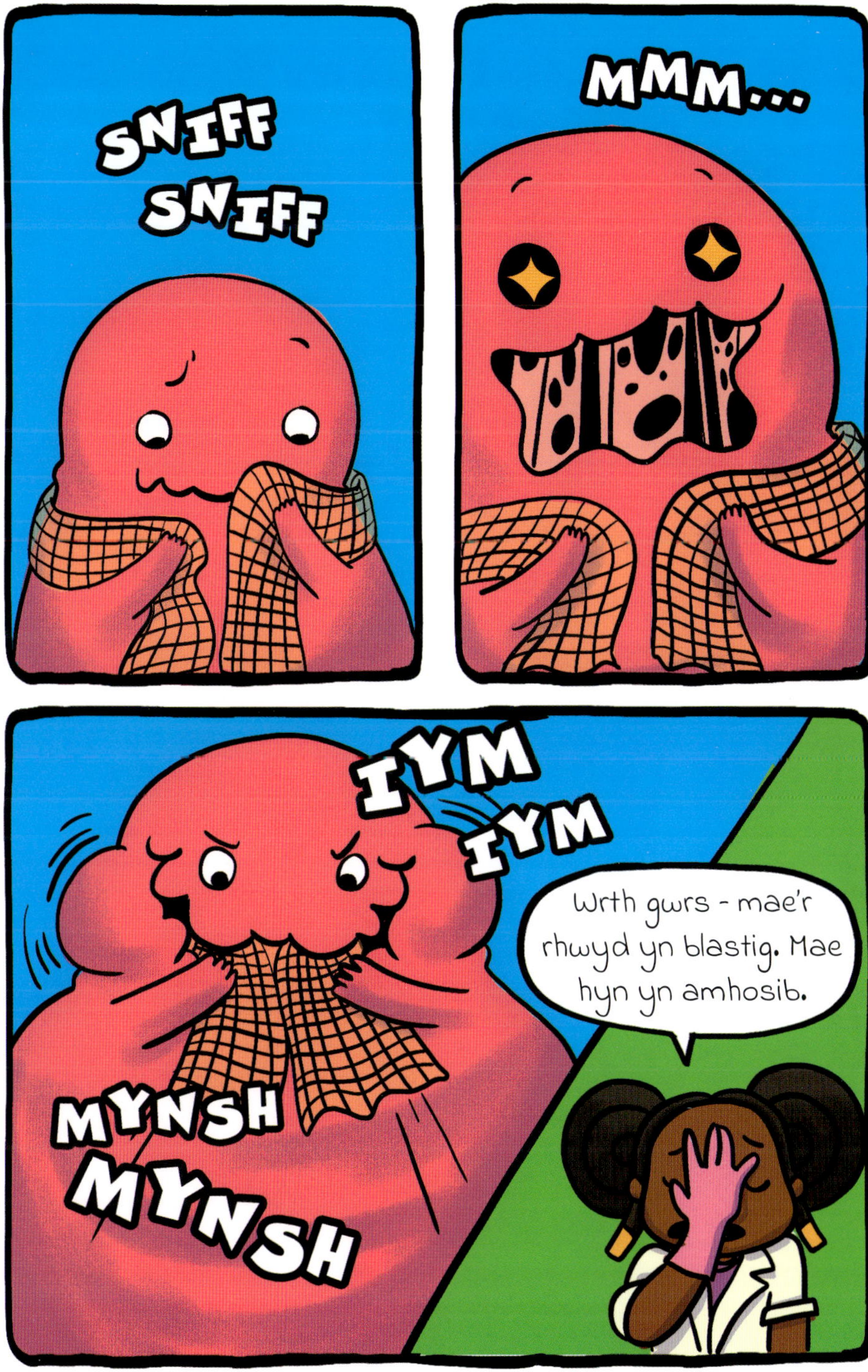
SNIFF
SNIFF
MMM...
IYM
IYM
MYNSH
MYNSH
Wrth gwrs - mae'r rhwyd yn blastig. Mae hyn yn amhosib.

BANG!
Cnoi - bydd yn ofalus!
GRRRR!
AAA!

IYM
IYM

CNOI
AAA!
O NA!
AWW!
HELP!

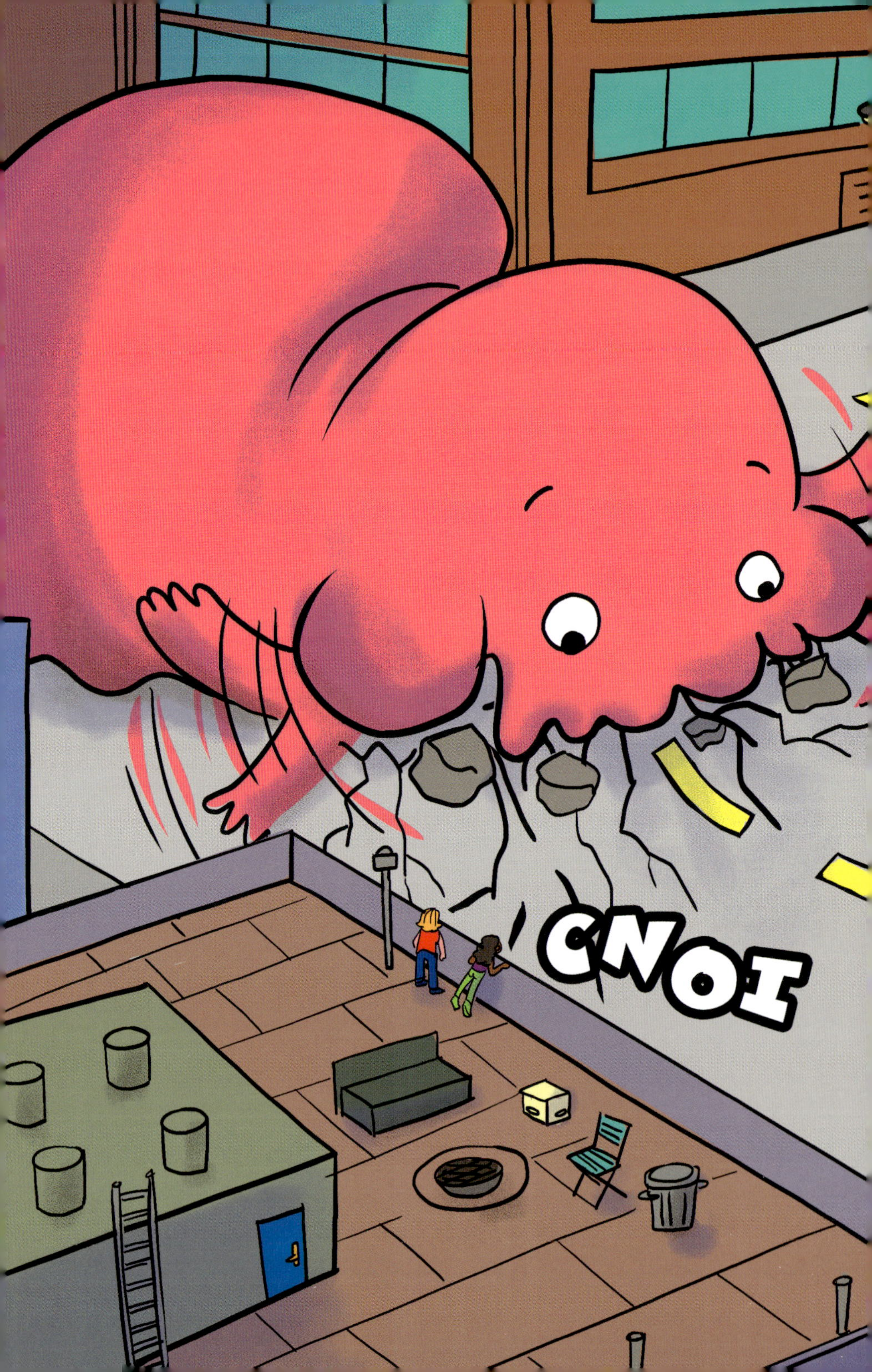
CNOI

AAA!
AAA!
Beth? Mae plastig yn yr heol? Pwy feddylia!
CRYNSH!
AAA!
O NA!
HELP!
AWW!
AAA!
AAA!
O NA!
AWW!

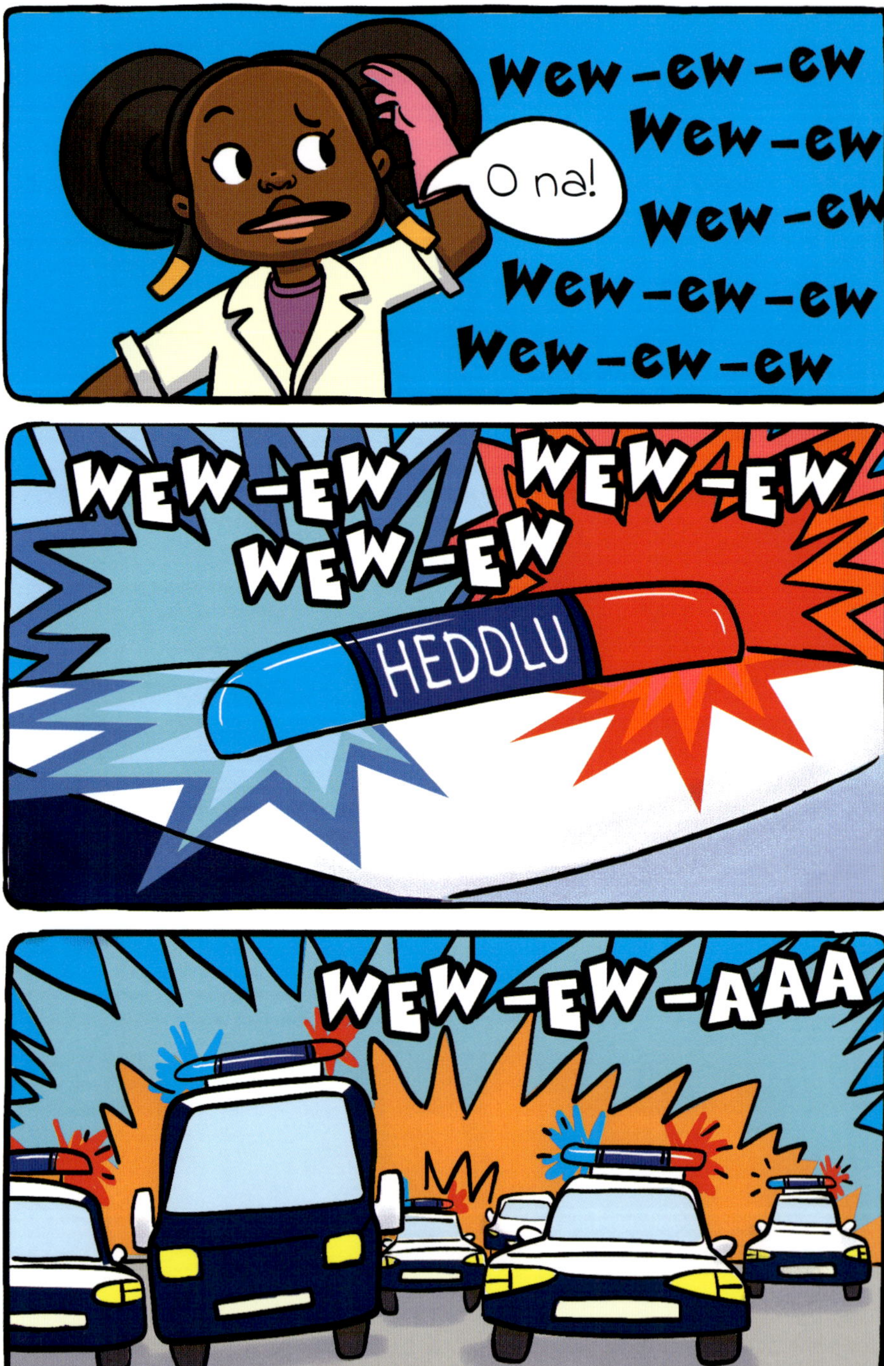

Wew-ew-ew
Wew-ew
O na!
Wew-ew
Wew-ew-ew
Wew-ew-ew
WEW-EW
WEW-EW
WEW-EW
HEDDLU
WEW-EW-AAA

HEDDLU
O Cnoi, sut alla i dy helpu di nawr?
CLEP
CLEP
CLEP

Mae hyn wedi troi'n hunllef!
WEW-EW
WEW-EW
WEW-

HMFF?

ACHH!
Gwranda di arna i!
Alla i ddim gwylio. Dwi'n difaru popeth!

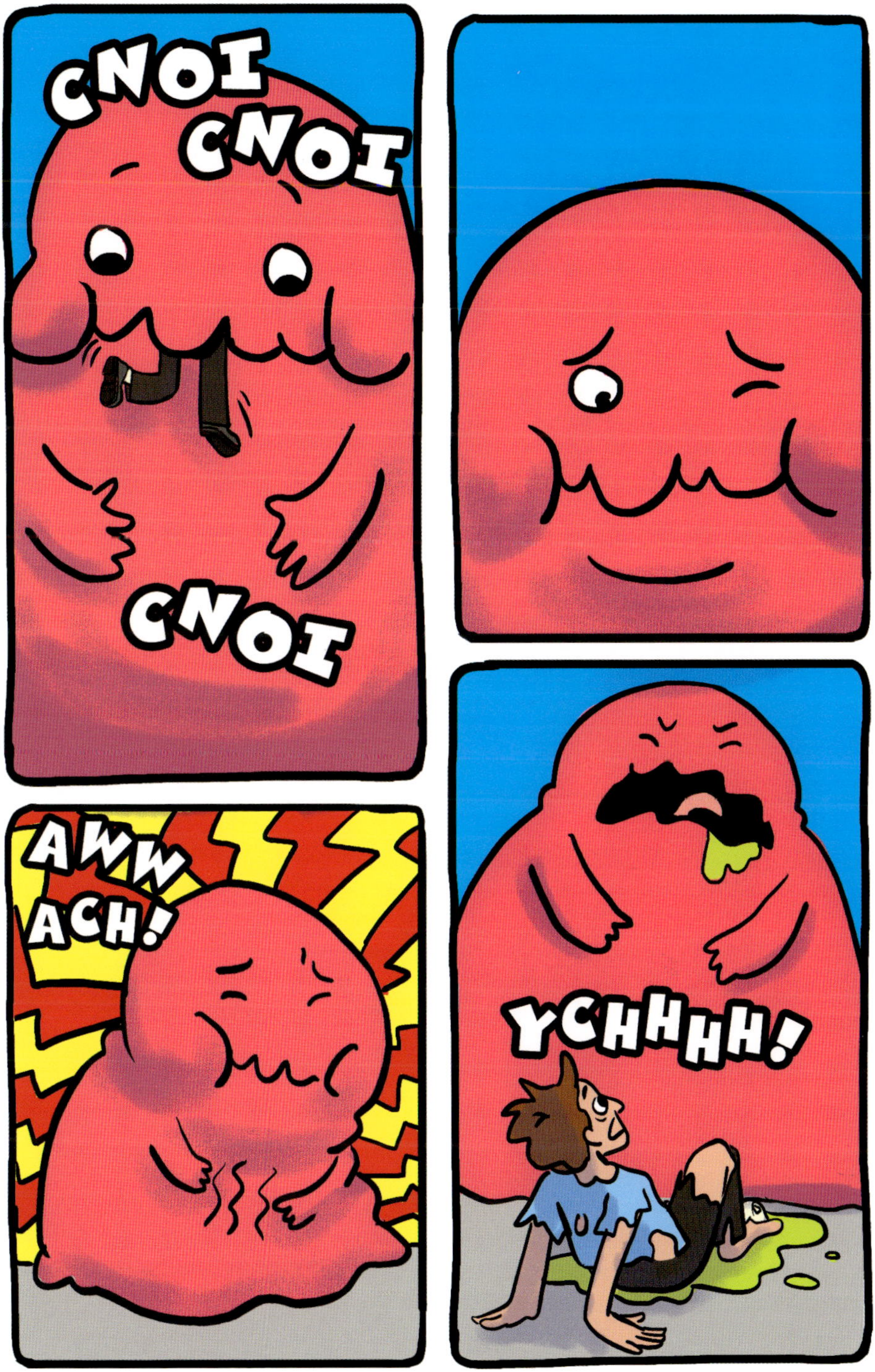
CNOI
CNOI
CNOI
AWW
ACH!
YCHHHH!

Be ydi'r sŵn yna?
WEW-EW!
WISH
WOSH
WISH

WEW-EW!
O na! Cnoi!
Plis stopia!

WISH
WOSH
WISH

Dim ond un peth sydd i'w wneud!
BRING BRING
Seren?
Beth nawr?

Dwi angen dy help di. Och.
Ti angen fy help i? Wir? HA HA HA HA!
Dwi wedi colli pob rheolaeth ar Cnoi. Edrycha!

Waw!
Cnoi ydi hwnna?
AAAAA!

Plis, Casi.
Ocê. Sut alla i helpu?
Yn fy stafell wely, mae 'na fynedfa gudd i fy labordy cyfrinachol. Os wyt ti'n -
Dydi dy labordy di ddim yn gyfrinach! Dwi wedi bod ynddo fo'n barod!
RHAG DY -
Nid dyma'r amser i golli dy dymer... be sy'n y labordy?
Dwi wrthi'n paratoi crochan fawr o tonig-lleihau. Dylai fod yn barod erbyn hyn.
Unrhyw beth arall?

Mae 'na focs arian o'r enw'r Seren Wibatron. Tyrd â hwnnw hefyd.
Sut ydw i fod i gario popeth draw i ti?
Sleifia mewn i labordy Mam a Dad, a defnyddia eu peiriant telegludo.
Mae hwn yn argyfwng!
No wê!
Os ydw i'n cael fy nal, dwi'n rhoi'r bai arnat ti.
Iawn! Ond brysia!
Ie, ie, wna i drio fy ngorau. Wela i di mewn 2 funud!

Yn y cyfamser...
WISH
WOSH

2 funud yn ddiweddarach...

Diolch Casi. Gei di fynd nawr. Mae gen i gynllun.
No wê! Dwi ddim am fynd i unman. Be ydi'r peiriant yma?
OCH
Iawn. Saf yma a wna i ddangos i ti.
Seren Wibatron, ymlaen!

BÎP BOP BWP
HIHIHI
HYYYY?

A nawr 'dan ni'n sefyll ar hwn a...
BÎP BWP
BÎP BWP
Ocê... be nesa?

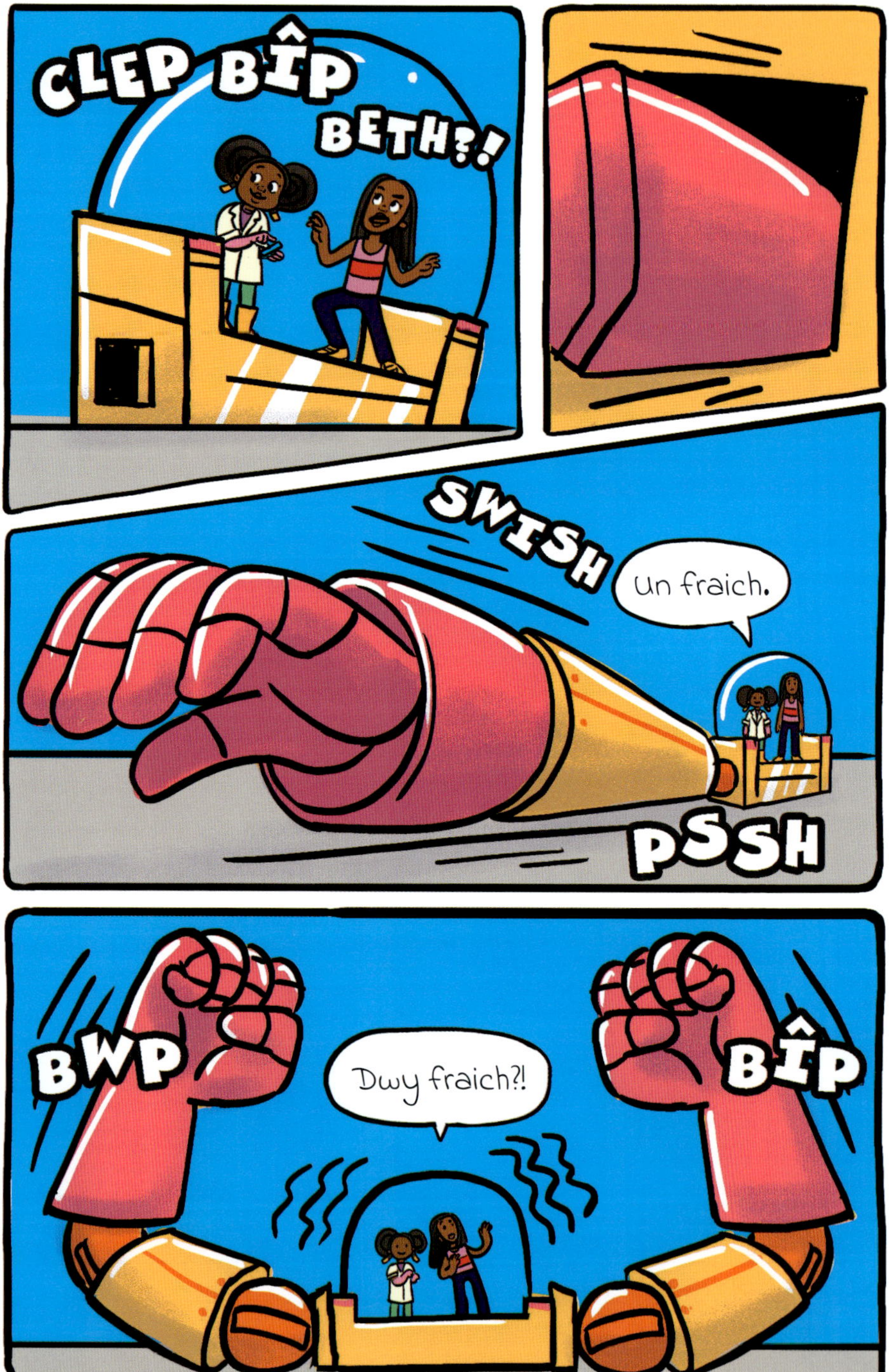
CLEP BÎP
BETH?!
SWISH
Un fraich.
PSSH
BWP
Dwy fraich?!
BÎP

A choesau a chorff hefyd.
Waw! 'Dan ni'n anferth.
CLEP
CNOC
BÎP
I lawr â ni i'r panel rheoli.

Ambell beth bach arall i'w gysylltu, bron yn barod.
Ac mae'r tonig-lleihau yn barod gen ti?
Iep, pob un yn llawn. Maen nhw'n edrych fel gynnau dŵr.
Dyna'n union oedd fy nghynllun!

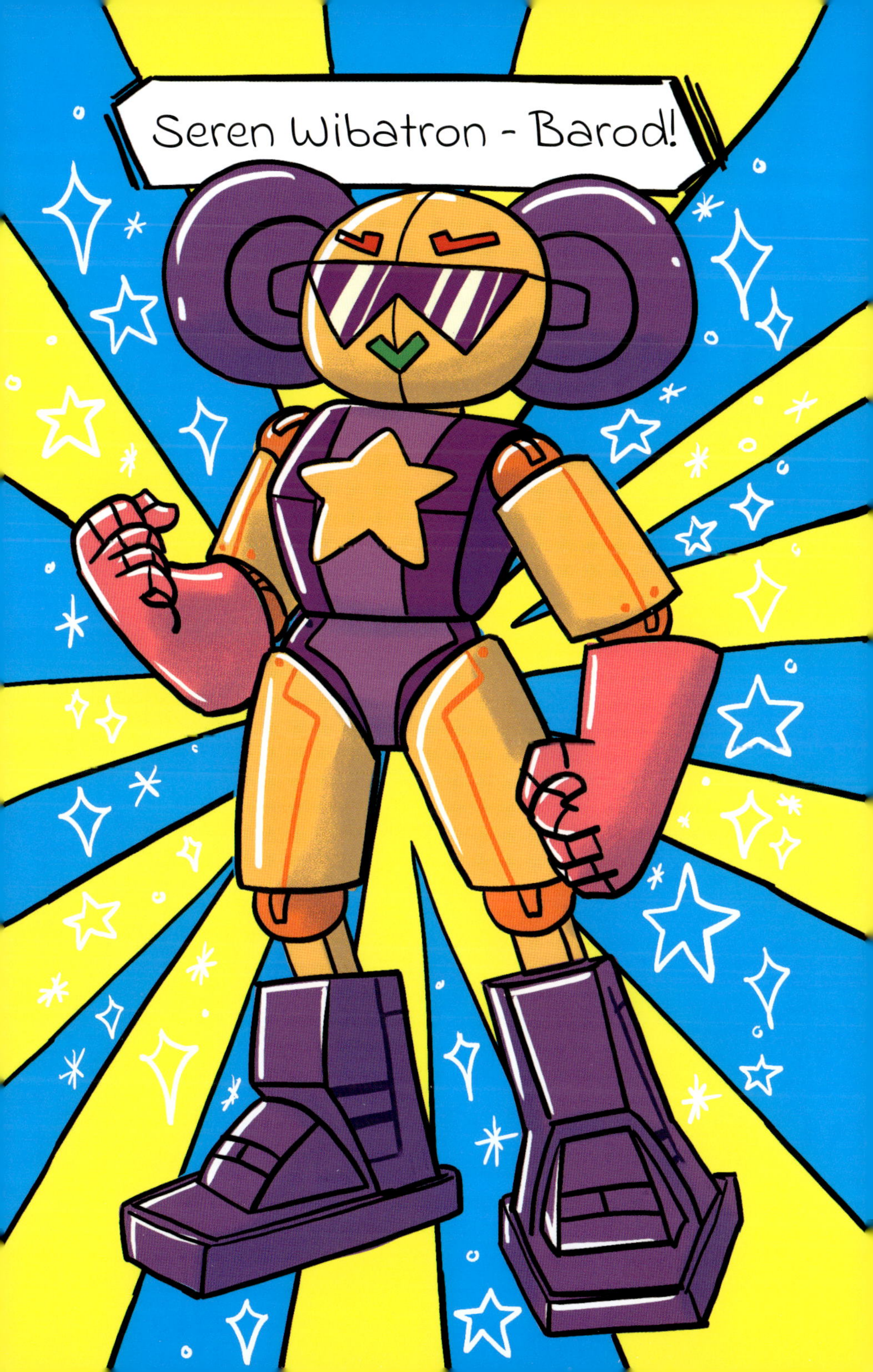
Seren Wibatron - Barod!

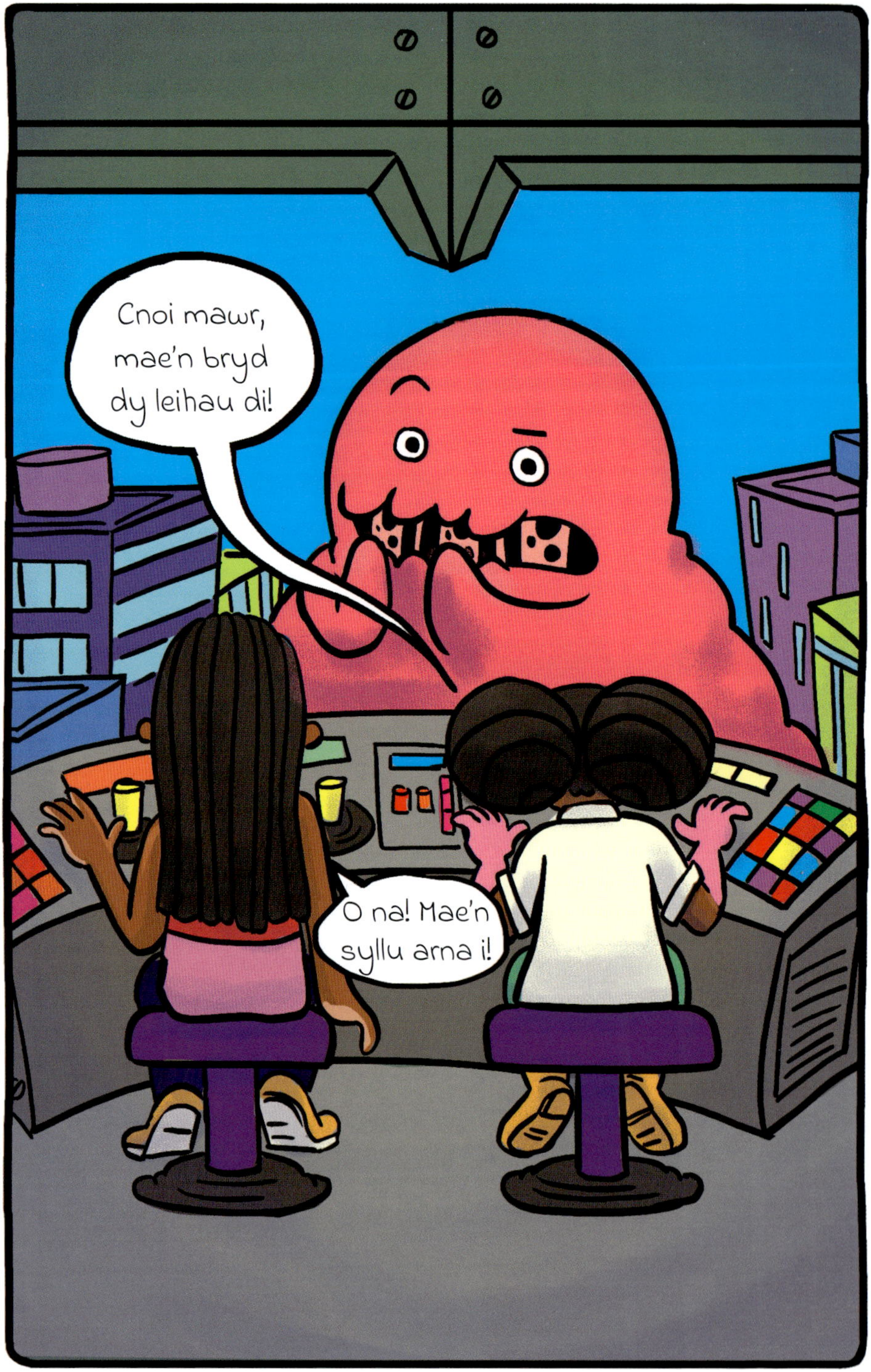
Cnoi mawr, mae'n bryd dy leihau di!
O na! Mae'n syllu arna i!

'Dan ni mewn peiriant metel. Fydd o methu ein bwyta. Dim ond gwrando sydd angen iddo ei wneud!

Amdani!

Cnoi! Rwyt ti wedi colli dy synnwyr cyffredin. Helpu'r byd yw'r dasg, nid ei ddinistrio!
RAA!

GNNRR
Seren! Mae o'n rhy gryf!
Rhaid i ni drio rhywbeth gwahanol!

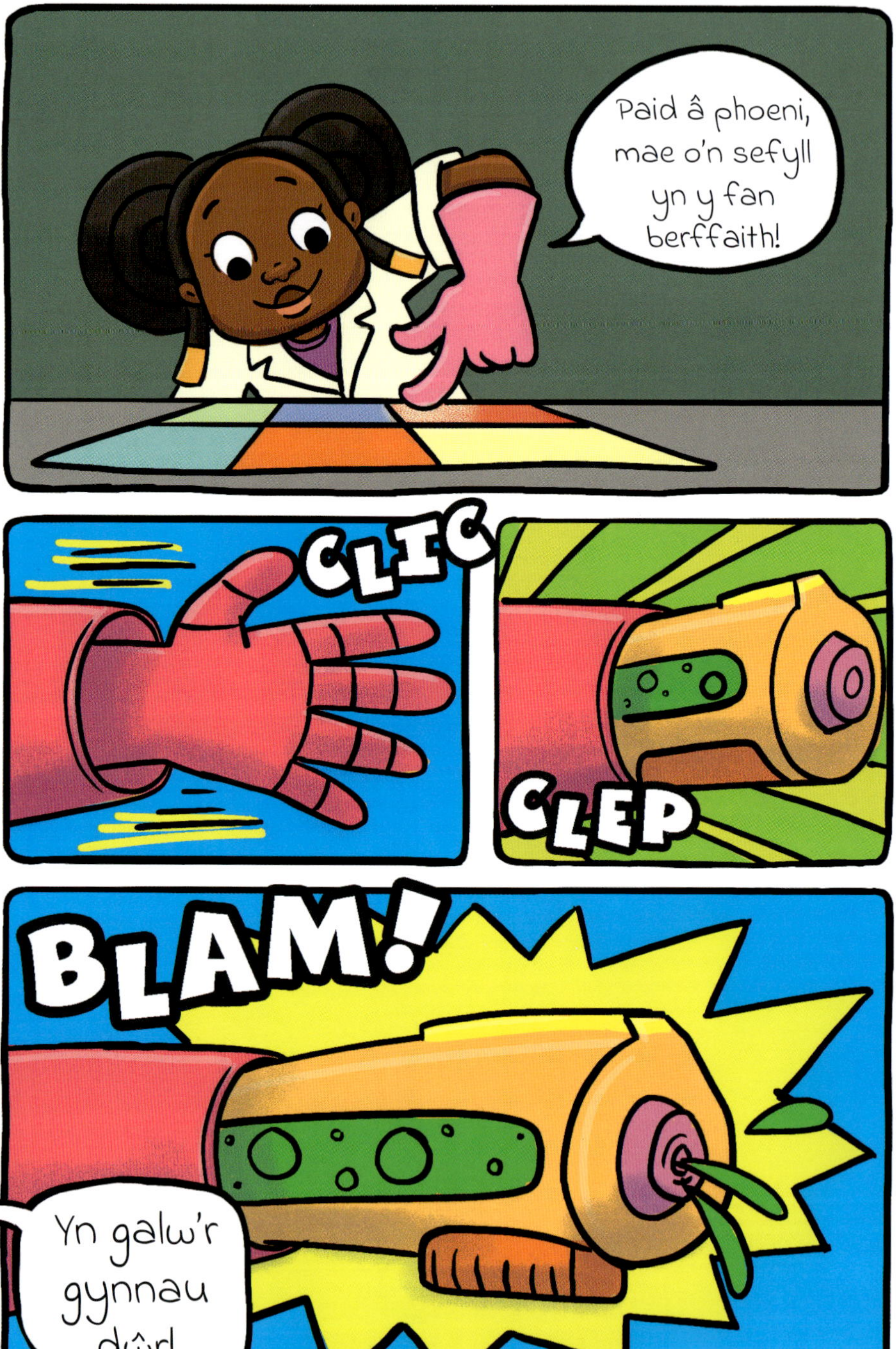
Paid â phoeni, mae o'n sefyll yn y fan berffaith!
CLIC
CLEP
BLAM!
Yn galw'r gynnau dŵr!

SBLASH!

PFFS

HTT!

Mae'n ddrwg gen i Cnoi, ond mae hyn er dy les di!
Bron yna!

BRING BRING
O, haia Mam!
Y newyddion? Robot anferth sy'n debyg i Seren?
Dyna ni!
HIHIHI
FFIW!
Ym... Ie, dwi efo Seren. Yn y robot. Sori!

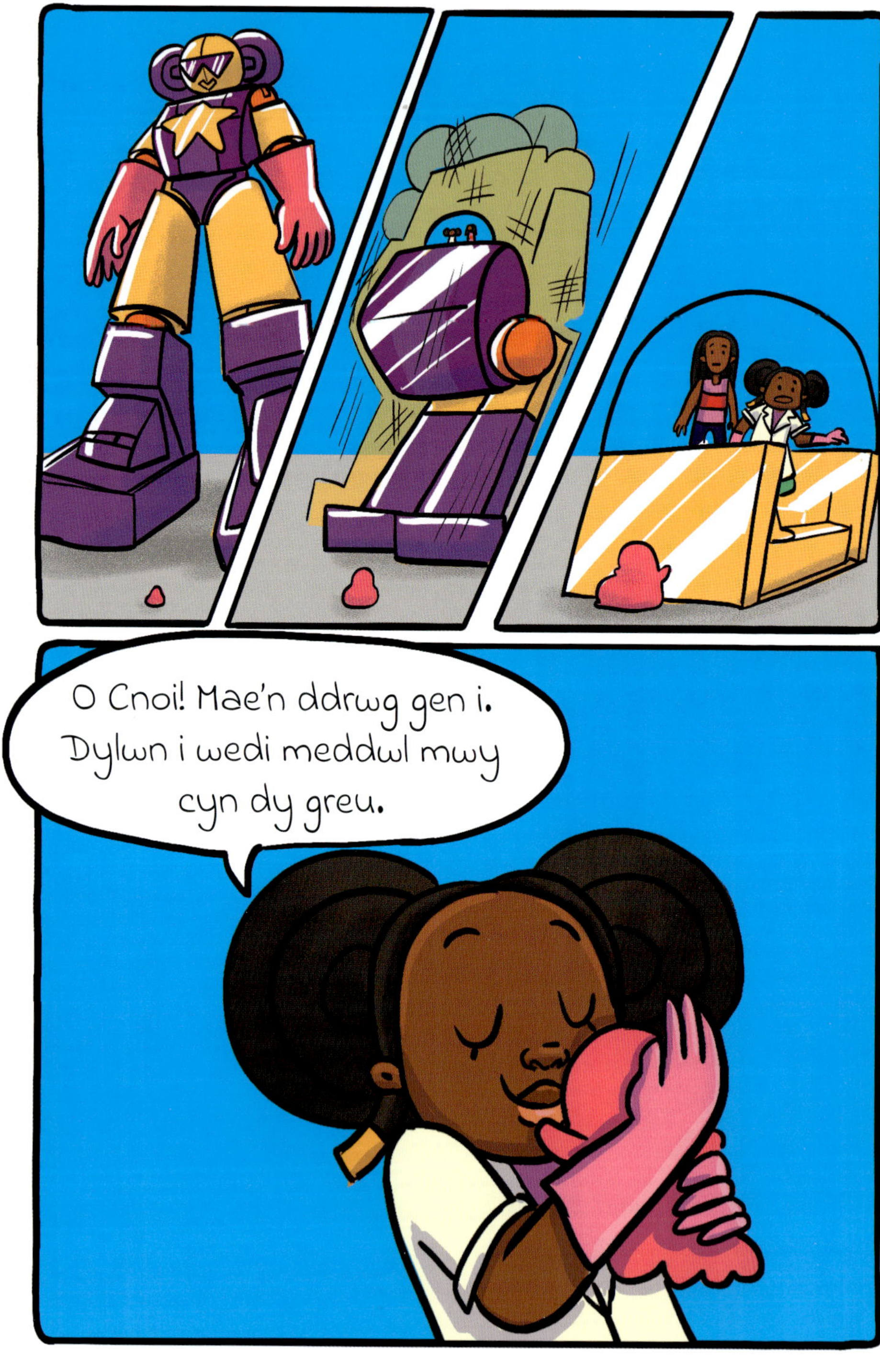
O Cnoi! Mae'n ddrwg gen i. Dylwn i wedi meddwl mwy cyn dy greu.

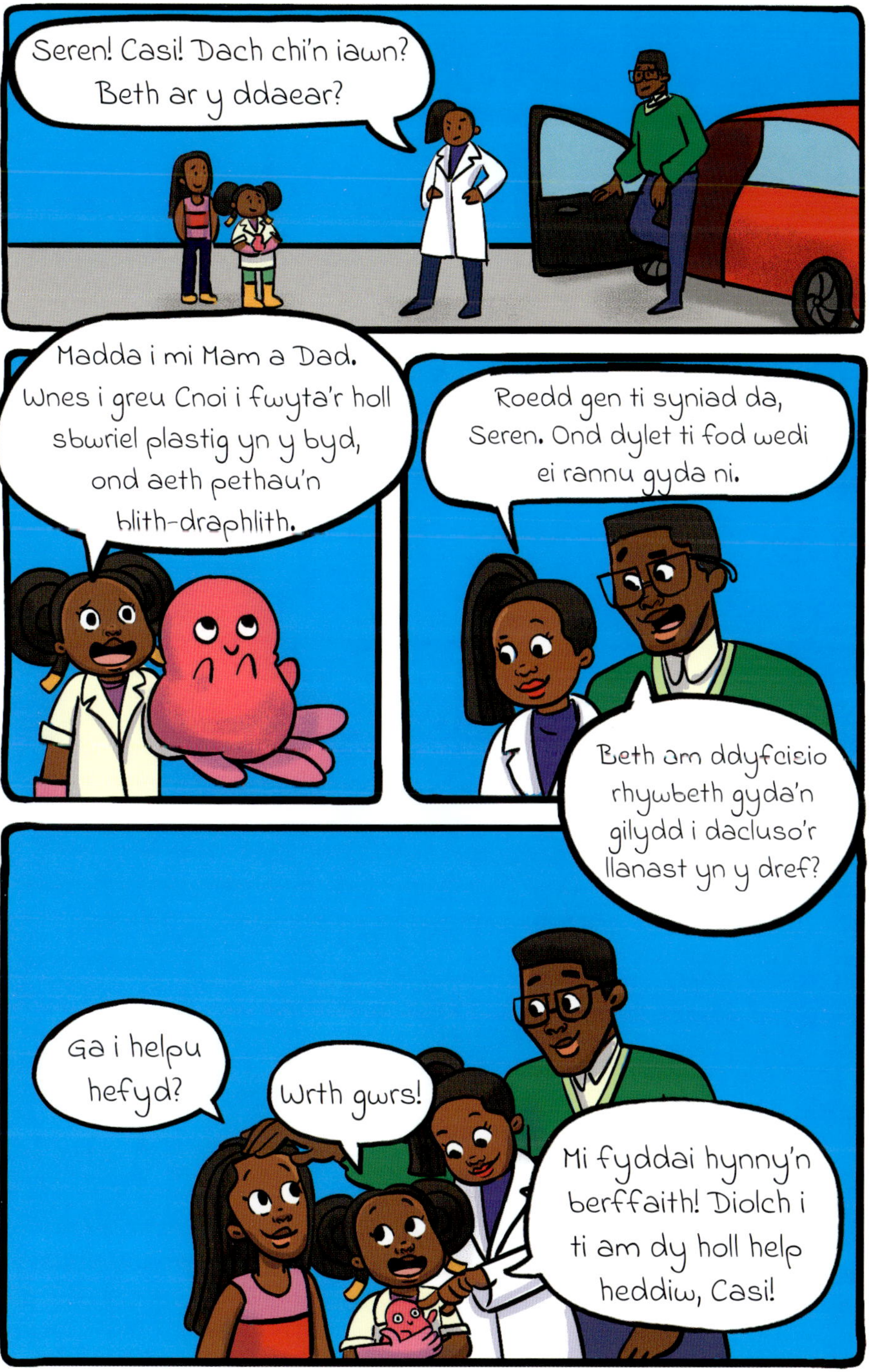
Seren! Casi! Dach chi'n iawn? Beth ar y ddaear?
Madda i mi Mam a Dad. Wnes i greu Cnoi i fwyta'r holl sbwriel plastig yn y byd, ond aeth pethau'n blith-draphlith.
Roedd gen ti syniad da, Seren. Ond dylet ti fod wedi ei rannu gyda ni.
Beth am ddyfeisio rhywbeth gyda'n gilydd i dacluso'r llanast yn y dref?
Ga i helpu hefyd?
Wrth gwrs!
Mi fyddai hynny'n berffaith! Diolch i ti am dy holl help heddiw, Casi!

BRWWWM
Pwy sy'n gyfrifol am y creadur hwn?

Fi - ond gwrandewch! Dwi'n gwybod sut i ddatrys ein problem.
Wnes i greu Cnoi oherwydd yr ynysoedd plastig. Os gall Cnoi fynd i fyw yno, byddai'n bwyta'r holl blastig heb boeni unrhyw un.
Mae angen un gawod bob nos. Wna i rannu fy rysáit cyfrinachol i greu'r tonig-lleihau os ydych chi'n addo ei gadw'n ddiogel.

Hwyl fawr Cnoi! Mi fyddi di wrth dy fodd yn dy gartref newydd. Rwyt ti am achub y byd!

CNOI
IYM
IYM
IYM
CNOI

Erbyn hyn mae'r broblem blastig fyd-eang yn lleihau...
...Diolch i'r creadur arbennig hwn - sydd wedi ei greu o fadarch a mwydod a mwy. Diolch i wyddoniaeth!

Mae gwyddoniaeth yn anhygoel.
Ond cofia ddod i siarad efo ni pan fyddi di angen help - cyn i dy arbrawf nesaf fynd o chwith!
Iawn, Dad!

Fydda i byth yn defnyddio gwm cnoi a phoer Casi mewn arbrawf eto, wir i chi!
Seren! Wnest ti greu Cnoi efo fy mhoer i?
Paid â phoeni, wna i ddim gwneud arbrawf fel hyn eto...

$e=mc^2$
...tan y tro nesaf i'r byd
alw am help yr athrylith
SEREN WIB!

$e=mc^2$

Dysga am
Y FFEITHIAU
tu ôl i'r stori
Haia! Chanté Timothy ydw i, awdur
SEREN WIB
Hyd y gwyddwn ni, does neb yn agos at greu anghenfil fel Cnoi i fwyta holl blastig y byd. Ond yn anffodus, mae'r ynysoedd plastig yn bodoli go iawn.
YNYSOEDD PLASTIG

Yn ffodus, mae gwyddonwyr fel Seren Wib yn gweithio'n galed i ddod o hyd i ddatrysiad i'r broblem fyd-eang.
Maen nhw wedi darganfod creadur bychan ond arbennig (sef meicrob) sydd wrth ei fodd yn bwyta plastig.
Mae'r meicrobau yn byw yn stumogau mwydod, ac ambell i fadarchen. Mae'r rhannau yma o stori Seren yn wir!

Mae'n ddarganfyddiad pwysig iawn, ond mae'r meicrobau'n bwyta'n araf deg...
Ond wrth eu hastudio, gall y gwyddonwyr ddod o hyd i ffordd newydd o ailgylchu plastig. Dim ond amser sydd ei angen.

Tan hynny, gallwn barhau i ailgylchu...
...osgoi defnyddio plastig newydd, a cheisio ailddefnyddio'r plastig sy'n bodoli'n barod.
Dyna'r FFEITHIAU. Dos amdani wrth arbrofi - efallai mai ti fydd yn darganfod y datrysiad nesaf, neu'n creu anghenfil fel Cnoi!

Sut i dynnu llun

SEREN WIB

1

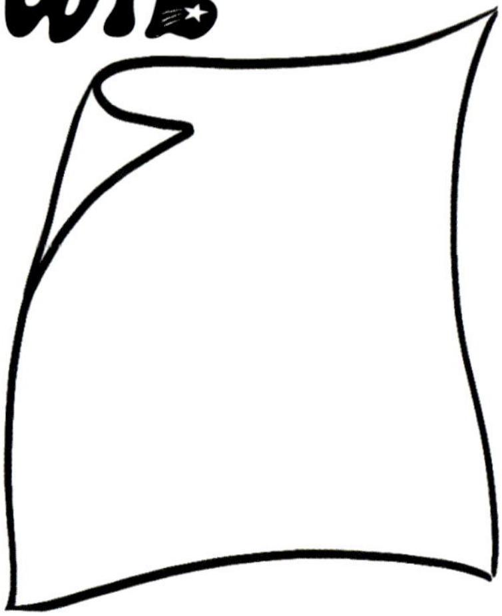

Mae angen darn o bapur a phensel

2

Yna dechrau efo siâp hirgrwn sy'n fwy llydan ar y gwaelod ar gyfer ei phen

a dau siâp hirgrwn bob ochr i greu clustiau

3

a dau gylch mawr ar gyfer ei byns

Dilyna siâp pen Seren i greu ei gwallt

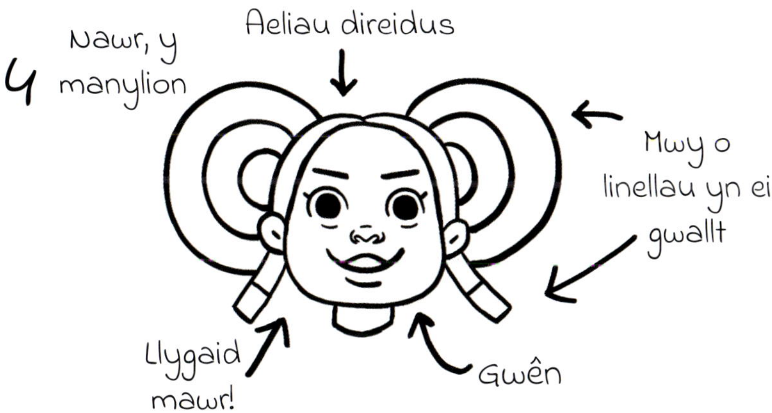
4
Nawr, y manylion
Aeliau direidus
Mwy o linellau yn ei gwallt
Llygaid mawr!
Gwên

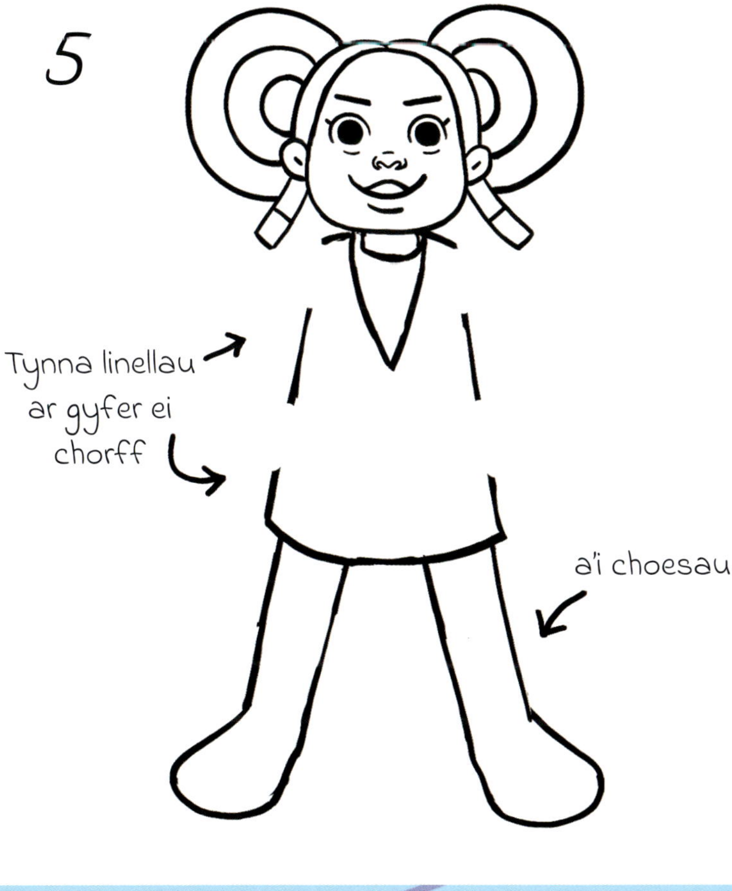
5
Tynna linellau ar gyfer ei chorff
a'i choesau

6
Nawr, ei breichiau a'i menyg
Cofia'r manylion bach
Ychwanega'r sgidiau
Cofia'r manylion
7
Bron yna! Mae angen patrwm ar ei chrys-t, a llewys ar ei chôt

8 Yn olaf - lliwiau! Mae Seren Wib yn berson lliwgar iawn!

Da iawn ti!

Be fyddwch chi'n ei greu gyda'ch gilydd?

Sut i dynnu llun

CNOI

1

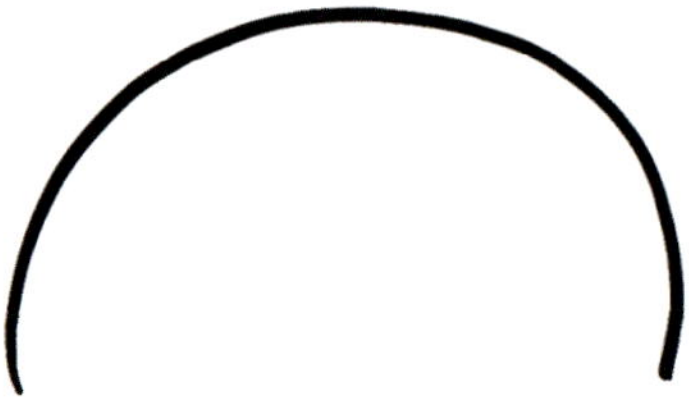

Tro dy bapur wyneb i waered, neu dos i nôl tudalen newydd

Dechrau gyda llinell grwn i greu ei ben

2

Mae angen dwy linell fach i'w aeliau

A dwy lygad hapus. Gwna gylch bach du, gyda chylch o'i gwmpas.

Mae ei geg fel siâp ffeuen, gyda thonnau ar y top. Lliwia'r poer yn ddu gan ddefnyddio llinellau a cylchoedd.

3

Tynna linellau o'i ben i greu ei freichiau

4

Bron yna! Rhaid gorffen ei gorff yn gyntaf

dilyn y linell woblog yma

5

Lliwia Cnoi yn binc! ond cofia ei gadw'n ddigon pell o dy binnau ffelt os ydyn nhw'n rhai plastig!

CADWA LYGAD AM
ANTUR NESAF
SEREN WIB!

Tyrd yn ôl am antur arall gyda Comed a fi!

Ta-ta!